U0135923

可能的花蜜

林婉瑜 詩集

目錄

輯一　可能的花蜜

輯一

可能的花蜜

可能的花蜜

你帶雲林的日光和柚子花香來找我
說我是都市裡可憐的工蜂
為著一點點可能的花蜜
貢獻太多勞力

你遊說我拔除
近年悄悄生長象徵安居落戶的水生根
再做一次飄萍
陪你回平原呼吸新品種空氣
習慣另種
光合作用速率

你在空中塗畫一個家的草稿
不須很豪華
不須很巨大
你說，用我們的精神裝潢它
每天，陽光以花窗玻璃的多彩溢灑屋底
藤蔓植物會隨我們心意
長成幾何圖形覆蓋外牆
還說起一個未曾謀面的小孩
因為基因重組或然率
傾向百分之七十六的我百分之二十四的你
說週六早晨我們就躺著
不做什麼
只等日光吋吋推移
溫暖髮梢

我被所有說法混淆
而有一點想要
明天醒來，在不同窗戶前
在一個無人認識遠方
畢竟我已厭倦
總是在城市裡假裝勇敢
假裝完好
假裝無傷

簡單收拾行李
與下一位房客交接
註銷戶籍後
很快地，城市不再留一些餘地給我
朋友也陸續

弄丟我的手機號碼
我只攜帶了自己
盲目的
跟你到任何地方去

我們，我們

這樣抱緊
成為一塊石頭也無所謂
你的肩線遮蓋視野無所謂
幸福讓人窒息
失去自己
成為你的一部分也無所謂
變成一種溫柔
熨貼在你無法痊癒的傷口

你的體溫，身體丘壑起伏
內心坦途歧路
不會告訴別人

汽車旅館

在愛情後臺，不須為誰表演為誰頑強
承認自己軟弱，抱頭痛哭亦無妨
在愛情暗房不須故作明朗
承認自己依賴
信靠對方才不至崩壞
這麼的就下午了
做我的衣衫我的遮蔽
為我阻隔世界的冷空氣
只有我們，我們

隔牆偷聽的耳朵隱形
窸窣低語願意安靜
窗外變黑
世界正在我們身上覆蓋安全的網

（太陽仍舊升起嗎）
這樣擁抱
沒有明天也無所謂

流連溫泉鄉

北投溫泉

我喜歡我是赤裸的
你，也是赤裸的

看著彼此，肥胖和瘦弱
而不嫌惡
我們的愛禁得起
一點幻滅的打擊

仰頭假寐
髮尾濕了，貼在臉旁
這時刻什麼都不想
水推擠著，簇擁著

感覺不到身體存在

可心愈跳愈快
閉眼時浮出腦海的許多心事
真是我所能負荷的嗎
想及此，疲累便一擁而上
還是趕緊起身
擦乾那些皮膚的淚水
穿衣，為寒涼的心保暖

時常
我們驅車，上山，流連溫泉鄉
心事在溫泉裡載浮載沉
最終通通流走

被泉水烹煮過的我們
離開後，醺然欲睡

放牧星群

擎天崗

坐在逼近天空的高度
放牧眼前，這群星星

它們靠攏聚合
構成有意義的星座
負載太多人許願
而疲憊沉重
我伸手觸摸，安撫
想挽救它們的下滑之勢

爬上隱形101道階梯
靜坐在此

聆聽整個宇宙傾訴
知道自己是神的孩子
用指尖推移，眼前星棋
渴望有
渴望有你一起
知道你的座標我會毫不考慮
伸手進漉濕夜色中打撈
然後與你情商
聖誕夜晚一起
做個放牧者
鞭策少數幾顆，叛逆的星歸位
把潛臺詞寫在
被我們選定的光滑緻麗，某顆星表面

當它不堪負荷
憊懶地下墜
允許它成為一顆流星
或慈悲地出手
把它安置在晚雲上方

短暫的愛情

攀附你寬大的背
有勞你抵擋煙塵和風
這不正是你所承諾
要幫我抵抗時間
阻拒風化作用剝離
用你的壯大衵護，我的羸弱

我說，到金山去
到馬槽，看溫泉煙霧
到陽明山，無目的兜轉
不管海拔以上
中耳宿疾使我失去了聽

耳道飽漲壓力卻
無比清醒
指尖藉冷空氣的刺痛
確認胸口餘溫

我說到海
到海附近
踩尖銳破碎的貝殼
用身體劃開海風
每次你都照做
總是照做
出借寬大的背
讓我靠著你一會兒
出借摩托車後座

讓我退可守地，窺看青春
退可守地，刺探城市祕密和
隱藏的險境

謝謝你的承諾和信守
寬容我只能回報
只能回報予你
短暫的愛情

蟲豸

你從玉市帶回一枚琥珀給我
真的還是假的？
光線下對質，一看再看
質地溫潤色澤流轉
把它當作真的

爭執中摔到地上的琥珀
有了裂縫
隔天撿拾起
想撫平瑕疵畢竟這是
你帶給我的愛情（無法撫平）

光華玉市

把瑕疵當作
嵌在琥珀內、數億年前的蟲豸
我們的愛情
好像又值得相信

即溶

KTV

燈光調暗
才能深陷黑色沙發
陷入歌的細節詞的野豔
讓流動曲調沖走我們
凝結固體的情緒
此刻與歌聲一起即溶
成為再不想抵抗的漩渦

想撥開你眼中濃霧
看其中藏匿什麼
牢牢記住相遇這日
曾唱同首歌，腳步踩在同個拍子上

散場後不再有
沙灘上奔跑來去的男女主角
使我發笑
摔碎的酒杯，濃妝卻流淚的臉龐
逼我退回現實
不可能是我們
別附和這，可笑的愛

你聲音極好
襯合我們喝的酒，難掩滄桑
記住我的聲調
如此矜持努力，才攀升高音
歌曲結束前所有情懷不假
昏黃斗室酒的催化

035　即溶

把我們推進幻覺隊伍
暫時無法脫身
不要忘記此刻神色
我看著你時，臉上光彩
尚且懷抱著對你的愛情的我
此後不再有

垂釣漁人碼頭

與你坐碼頭邊
觀測水面
你的倒影載沉載浮
隨浪改變
海鳥掠過掀起微風
在你面容盪開水紋……
木棧道轉印我們腳步
一步兩格朝夕陽走
陽光溫暖橘黃
路在視野延伸
這漫步彷彿永不結束

但我的倒影已孤獨
陪襯泡沫、幾株漂游水草
你放棄淡水河右岸喧囂
擇左岸靜寂而住
放棄兩人路途行往
未知

天空由絳紫轉濃黑
船隻紛紛回碼頭停泊
我對河水而坐
垂釣樹葉或雲的影子
水知道我的心事
反映都市霓虹、遊客人聲舉動
陪伴我

想捕獲你影子的雙手

不是大富翁遊戲

二〇〇五年十二月，新光三越站前店瞭望臺關閉。

曾經這裡
最靠近天空的心
人們成群結隊攻頂以為
占據天空席次五分之一
能任意踩踏、搗毀腳底事物
但車流，人類，公寓，流浪狗，行道樹，醫院，郵局
都不是幻景
不是大富翁遊戲

你出現以前（我以為）
孤獨靠近完美

後來知道不是
知道有好的情境拒絕我闖入
這分知道（原來）是病菌
在每個不適當時機
閱讀營業時間告示
被拒於門外
你發起的大風吹遊戲
自始（流落在外）找不到座椅

曾經這裡靠近天空的心
終究永久關閉
想像中我曾擁有（踩踏）46樓的懸空腳步
想像中霸占了最佳觀景位置
對著車流，人類，公寓，流浪狗，行道樹，醫院，郵局

擲出了
一枚許願幣

誘捕

廉價珠文錦，昂貴錦鯉，肥胖河豚
組成一幅歡躍圖像

這就是溪流了——
一張張人臉是天光篩落的殘影
你命定的手心
誘捕我入你航道
掌紋如叢生荊棘
指節是攔路枯枝

這就是河了——
出生成長流浪老死

在侷促長方形中一舉完成
太多藍框白底魚網介入命運
障礙賽中，頓悟浮生若夢的那一尾
終得勝利
是人生，重重疊疊的機關與選擇
橫亙前方
必須說明的：不是你獵捕我
是我自願
入你彀中

輯二

鐵金剛

鐵金剛

恐龍圖鑑在書架等你
天線寶寶、皮卡丘親切招手
誰布下這許多路障
整個下午離不開、走不出這裡
誰創造眾多商品誘引你
如此痛苦如此幸福

回絕你的願望
彼得兔立體書Kitty醫生組，都不能買
若我有能力，將蓋一座專屬你的兒童樂園
旋轉木馬為你奔馳，花車遊行路線環繞你設計
無須排隊，無須欣羨地看著別人玩具

敦南誠品兒童館

每日惦念得不到的東西

坐木質地板陪你複習
ㄅㄆㄇＡＢＣ一二三
鸚鵡學舌一再，重回六歲時光
無知到理解你因習得新事物歡喜
我一說再說精疲力竭

這裡沒有我的童年
阿波羅之女、霹靂貓、無敵鐵金剛去了哪裡？
一批甜蜜故事一群可愛人物
存在很久很久以前
遙遙遠遠他方
精靈王子天使，月神山神海神
對世界最初的想像

最初的信仰

暖黃燈光下，閱讀的你專心且滿足
誘惑、資訊蜂湧襲來
你的世界太大
不僅在沙坑、草地
也在這個書店及電腦視窗
六歲的你已然學會打開視窗
如開啟新次元
關掉視窗收掉一個世界

我知道你會
繼承我輩溫熱與纖細情感
也會具備這一代的俐落與

幾近無情的理性
深沉、複雜
終究成為
我曾夢寐以求的鐵金剛

神隱

兒童育樂中心

《神隱少女》裡頭，千尋與無臉男，搭乘海上列車造訪錢婆婆，冷冽的列車車廂中，宮崎駿神來之筆，描繪幾幅容態孤寂落寞、手提公事包的上班族的黯淡身影。他們怎麼也搭乘這班奇幻火車？莫非他們意圖攀附《神隱少女》動畫，逃家逃班，短暫做個「放空責任」的自由人？

——簡白

我期待坐上溜滑梯
在「俯衝、加速、著陸」過程中
獲致全然快樂
坐上蹺蹺板，你多我少我高你矮的攻防中
平衡時刻，因這時刻與奮大叫早就無法……
無法因遊樂設施感到喜悅

早已過高，過重

對照十歲多出思慮的高度
憂煩的重量
置身樂園我仍不住地想：
天空為何如此湛藍
樂園境內時間感為何異於整座城？
摩天輪原地打轉
緩慢攪拌杯底色塊成一漸層漩渦
雲霄飛車時高亢時低迷終止在異次元入口
我被圓周切線拋出，墜入現實
旋轉木馬上，穿紅靴的貓朝皇宮出發
小紅帽向狼的心機靠近
兒歌音質粗糙迴盪童年
大聲唱和
某天突然臉紅拋棄

所有曲調

孩童敬畏我成熟，羨慕我
嫻熟操練這塊土地的語言
我羨慕他們文法不正確
破碎語句形容的直覺，邏輯矛盾是
等不到果陀而把此時此地拆解成荒謬拼圖的本領
我嚴肅而正確
須要補習幽默感、想像力
避免死於無聊

樂園內，幼獸奔跑尖叫
如剛從柵欄釋出的羚羊放肆慶祝酒神生日
成群結隊遊戲

規則是「沒有規則」
他們臉頰紅潤
有些因春天花粉散播的病毒不時咳嗽
想要逞強想要強壯
沒人敢責備他們裝可愛、幼稚鬼
肥短四肢細碎腳步就像……我的孩子
都像我的孩子
想親吻額頭說一句
使他們臉頰種出笑容，幸福的話

是我的孩子，是我體內還在裝可愛的幼稚鬼
不願長大亦不願變老
隨隱形風的曲線旋身、轉圈、起舞
在此樂園無盡地嬉戲

無盡唱遊

水彩未乾

河濱公園

媽媽你看！
我不會飛
可是
菱形的風箏代替我
飛上天空
碰到了笑瞇瞇橘色太陽的射線
還有
水彩未乾的
濕漉漉白雲的毛邊

「最」的意義

臺北101

對女兒而言，101超過領悟範圍
「一百個蘋果再多一個，一百個玩具再多一個」
帶她到101跟前「一百層樓再多一個」
女兒仰望，努力進階，對數的理解

綠色外殼樓頂尖銳
從地心刺出地表的劍
威脅，抵住天空心臟
進入101，世界約分放到眼前
美食街嚐世界料理
味蕾悠遊日本法國泰國之間
撫摸精品嗅聞皮革

品味遊走巴黎倫敦紐約之間
哪都不去卻遊歷各國
以購買證明對文化的擁有
眼花撩亂觀看
如往昔每個泅泳購物街之午後
讓欲望似小魚穿過網眼游走
方能全身而退

親愛的女孩那麼愉快
因不瞭解購買的樂趣而不吵鬧
彷彿參加一次新奇遠足
乘高速電梯，往觀景臺
努力辨識雨天，臺北霧濛濛的臉
隱約，中正紀念堂國父紀念館浮現

汽車吋吋推移
屋舍錯落……

親愛，雀躍的女孩
你瞭解「高」的意義嗎？你瞭解「最」的意義？
「第一」又是什麼？
你應該知道，那些低矮普通的房舍
從窗口望出去
也會有一片
自己的風景

幼稚園的早晨

鬆手
看你像小魚游入大海
沿路打招呼的響亮
會激起浪花嗎

一起，在鞦韆旁遊戲吧
一起從高處滑下
墊腳尖體操，像樹用力地伸往高處
一起吃午餐，睡通鋪
練習打架
練習說話
在小小的競技場

有時大笑
有時哭鬧

鬆手讓你
游入大海
陽光下，細小鱗片閃動發光
某天它會厚實，鋒利
足以割傷周遭的人
無辜的臉
長大變成好人或者
變成了壞人
像大學時學習過的，懸線木偶
本想無所不在
操控你舉動

終究還是鬆手，看你，游入海中

同學巨大的笑聲潮浪湧來

把你吞沒

輯三

疲憊的旅行

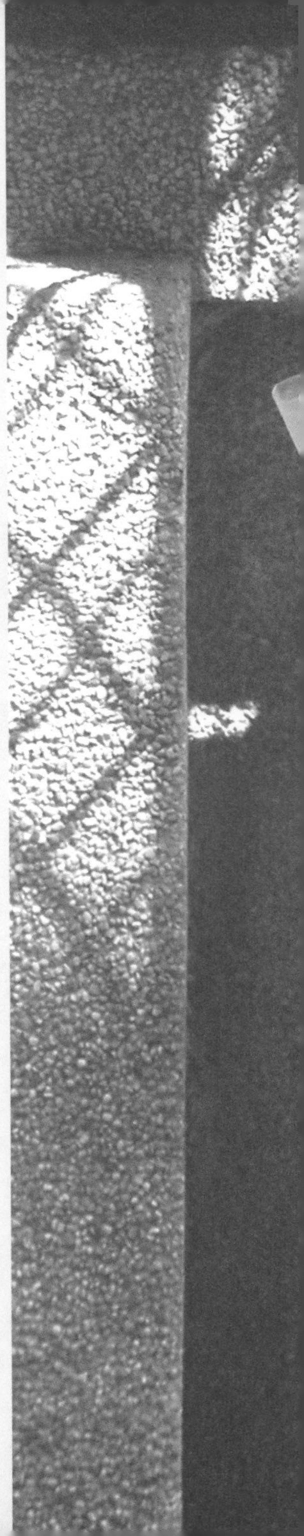

與父親共餐

延吉街麻辣火鍋

火鍋氤氳蒸氣裡我看見你
再不是身形瀟灑少年
灰髮黏在油亮頭皮上
毛孔、眼袋
和英挺鼻子一樣突出
無法不注意你的憔悴
仍堅持體面衣著，購自百貨的羊毛背心與線衫
我們都一樣，喜歡穿著光鮮
安頓內在襤褸心情

曾以為你是穩固的島，供我躲避風浪短暫停泊
長大後知道你亦是浮沉的舟

你的航線亦躲不過黑潮暗礁
別依靠對方——
偶爾相聚報告航行中風景，好壞遭遇
如此就好，彼此關懷像兩個強悍成人
再無法抱你委屈大哭亦不習慣撒嬌示弱
說不出的苦處
隨冰啤酒下嚥吧

筷子停頓半空等肉片熟透
等待空檔如何填補對視之尷尬
火鍋店如此嘈雜
你我默默進食似留心鄰座客人交談
一秒一秒流去肉片變白……

告別童年我們日益無話
訴說我的失戀、挫敗，你囁嚅無言以對
訴說對母親的眷念你悲傷欲泣，終至無言以對
也許我該長出一雙巨大寬厚的翅膀覆蓋
在你下垂的肩上
給日漸年老的你屏障及安慰
無論飛行或航行
都不能再寄望你的帶領
在你的巢休息，在你的港停頓吧！
即使我逆風傾倒因迷路
遍體鱗傷，也把懦弱掩藏
你北上，看浪遊異鄉的女兒
是否無恙

你不喜西餐我不愛焢肉飯
我們在小火鍋店妥協
滋味複雜的湯頭交集兩代人味蕾
明明是清爽乾淨壁壘分明的湯與料
久煮後
終於混濁難辨
乾杯吧，我的老父親
將手中冰啤酒一飲而盡吧

疲憊的旅行

安寧病房

為了肚腹內
日益壯大的腫瘤，母親來此長住
沒有消毒水味髒亂嘈鬧
整潔雅致，一如旅館
為和緩護士臉色
我帶來故鄉太陽餅
禮貌卑微，鞠躬角度愈來愈低
為瞭解病情，醫師們湧入病房
詢問狀況後風一般散去
留下我與母親許多，不及說出的問題
最後的長旅啊！母親

想與誰同行，想閱讀怎樣的風景？
玻璃窗看見，天色變換是否美麗
群鳥飛過天空平靜面容
泡沫搭乘海浪，朝遠洋去
一朵花悄悄地用力展開自己
你閉眼似休止符無聲無息
世界卻忙碌繞轉

是否和我一樣貪看天地
眷戀生活各種滋味
感受夏季的風在空中懶惰不情願地漫遊
感覺雨水打在臉上涼且刺喜歡又厭惡
感覺虎斑貓的短毛劃過皮膚驚醒短暫午寐
你吃力睜開眼睛

將所見風景收藏
我，即是世界對你伸出的
不捨的手，圈住你挽留你
收拾哭泣的臉來看你
作你旅途偶爾的訪客

想與你同行，生活屢將我支開
下次探視你更加脆弱我知道
又失去你一點
一點點一些些一次次累積
你終會厭倦這
疲憊的旅行
最後一次來此，不再單獨離去

我們一同坐上救護車
你身軀瘦極隨行車搖晃
失去溫度如一截枯枝
我無法言語，僅二舅叫喊：
「姊，回家了！」「姊，過橋了！」
無病，亦無痛了
漫漫長旅有結束時刻
你啟程前往
下一站
救護車沿路嗚咽
帶你回溫暖故鄉

081　疲憊的旅行

或不致過分悲傷

1

週末結束時總這樣
你開車載我
到臺中火車站
為確認一班，北上的列車

你購買月臺票
和其他人推推擠擠
在月臺間隙找
一個安放自己的小位置
拉長脖子看我，目睹我
在關上的車廂內啟動，加速，再加速

長裙在風中急遽拍打，包裹
顯現小腿過瘦的形狀
像一隻鶴那樣支撐自己
勇敢地站立
即便最輕微的風
都可以吹動你

此時，把你想像成一盞路燈
或不致過分悲傷

2

靜立棺槨旁
做個內斂懂事的送行者
對著黃色布縵上一隻碩大黑蛾發呆

有人細聲提醒：「要哭啊！趕快哭！」
此前數百次數千次的
你送我，我送你
都結束了
此時想像你是那隻巨大的蛾
知悉一切
下一秒便可飛離現場
或不致過分悲傷

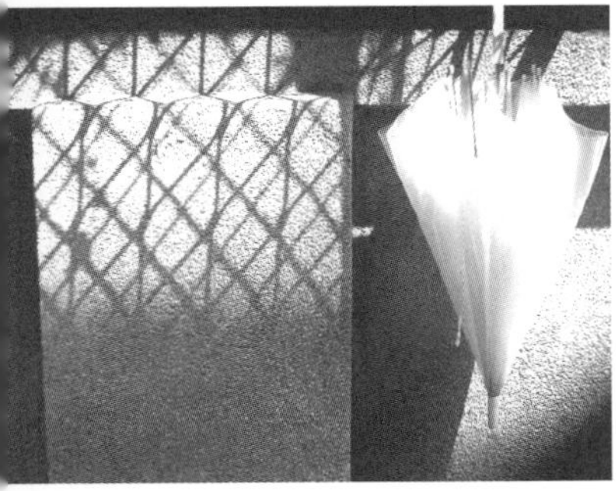

饑荒

竹圍民族路

1

晚間七點
被飢餓感驅使的人
只剩下覓食力氣慵懶走入
食物香味互相侵染的小吃街

它們招牌明亮；他們動作俐落
豪大鐵板燒鑫雞財雞排大食客刀削麵
打開衛生筷，接下保麗龍碗盛裝的
今日例湯
默默嚼食，像牛和牠的牧草
一方飽足，一方犧牲了

練習犬齒用以撕裂、臼齒用以磨碎的動物本能
對掩埋食物底的黑色毛髮和
菜瓜布掉落的綠色細絨不以為意
牆上電視固定同一頻道
娛樂新聞搭配口中複雜的滋味
使它更顯好吃
或更顯難吃

2

最低溫之淡水清晨
總是夢見五歲
五歲與父親前去英才路
坐老闆攤車旁
練習吃下

除臺中人外誰都不喜誰都不慣的大麵粳

夢有韭菜、油蔥酥提味
夢有黃色糜爛不須咀嚼的鹼麵條
佐鮮紅東泉辣椒醬
那樣的滋味使我暴食後仍然飢餓

那滋味使我笑
那滋味使我哭

輯四

殘酷劇場某個角色

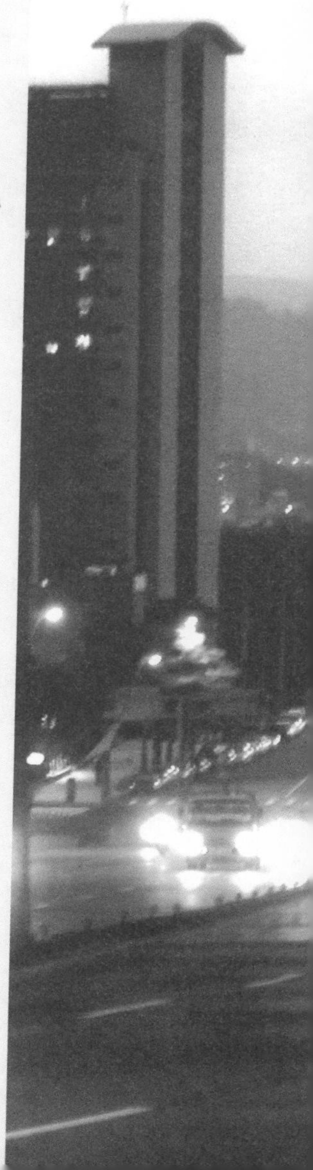

殘酷劇場某個角色

大度路

亞陶（Antonin Artaud）提出「殘酷劇場」，認為語言只是身心的一部分，劇場應更深入肢體感官和精神面。

此夜
仍積極於204教室排練劇情
燈火通明映照心中沸騰及黯淡角落
翻滾，碰撞，跳躍企圖稍微
觸及藝術之奧義
激昂的臺詞掩飾同時擴大我們
內在傷口
沒關係，還有充分能量可以痊癒
可受新的傷
不介意成為殘酷劇場某個角色

離開排練教室
關渡平原早已關燈闃暗
騎車急馳大度路——通往臺北城之細長甬道
濕度飽足
氣溫偏低

思緒經常飛起
盤桓野草，稻田領空
因而產生凌駕一切的錯覺
掌控世界的錯覺
誤以為長路不會結束
青春不會結束

095　殘酷劇場某個角色

你要去哪裡

背背包的學生，你要去哪裡
適應臺北生活嗎
我是說，天氣會不會太冷
消費是不是太貴？

牽小孩的媽媽，你要去哪裡
回娘家還是婆家？
帶些名產回去吧

蹲在地上的外勞，你要去哪裡
去哪裡打工
你來自哪裡？

臺北車站

希望這城市的富裕
足以讓你回家鄉買地

賣口香糖的婦人，你要去哪裡
你只是——哪都不去
在車站大廳游移
尋尋覓覓，一個不會拒絕你的人

我也曾在大廳徘徊
東張西望，找買票窗口
帶著鐵路便當、報紙、礦泉水
鑽進車廂
偏愛自強號，距離故鄉2.5小時
再見臺北！我不是歸人是過客

寄居關渡空中樓閣
每月來車站報到，買一張思鄉證明
列車長找到我
在上面打洞……

離開後，這城市會記得我的臉嗎？

戴斗笠的阿伯、穿軍服的年輕人
你要去哪裡？

西門町總是

化了彩妝
戴上鼻子
我仍認出你
你曾日夜演練默劇
一次運轉四五六顆塑膠球
（差點連手都拋出去）
排練休息時刻你沉默
拿手掌對戲：左手追逐右手
左手打倒了右手……
我安靜觀看
想起我們隸屬同個任性的星座
離開排練教室回到生活

墜落平地
你我是四散星光
並不總是發亮

許多年後我幾乎忘記
小丑的眼睛
小丑的神祕微笑與，條紋泡泡襪
可西門町總是
把所有事物混在一起——
紅包場歌手、刺青少年並肩行走
日系少女與汗衫老人緊靠
政見發表會和小丑隊伍一起遊行
不管誰的沮喪
不管誰過敏

你所帶領的小丑行列撥開人群
兀自行進
你看見我，認出我
踩高蹺走來
在政見宣傳單和飲料空罐
廣告車和旗幟布條間
遞給我一顆七彩飽滿
有紅色圓鼻子的氣球

浪也分高下

南陽街

正午，學生湧出教室
我也在推擠行列中
快被淹沒就要被淹沒
熾陽加以壅塞，街道沸騰
我們如鍋爐內毛躁水分子
加些溫度
隨時可以氣化

我想念福利社，操場，下課鐘
和一起成長的同學
那是平靜涼爽，海洋時光
只知道彼此近似

以相同密度，色澤，成分
將對方融化
卻不知藍色教室裡
浪也分高下

我買下
無法將手肘完全張開的位子
與一小塊夢想拼圖
相信把缺少的分數補上
我的人生藍圖
將因此完整

河、海水、浪、蒸氣、雲、雨、霧……
水，變換著狀態

吸收足夠能量
可以昇華
離開這灘死水？

在收緊手肘侷促的午寐中
夢見自己是河
中灰暗的鯉
用盡最後力氣
朝窄門躍去

輯四
殘酷劇場某個角色 108

剪影

二十歲，徹夜修改作品，凌晨走出陋室找郵筒投稿詩作，是我手寫時代的尾聲。

習慣用綠茶
沖洗精神的塵埃
熬夜。煎熬的夜晚。
延伸此夜以為可以偷取時間
使一天長於24小時

反覆遷移字句
置於句尾。不滿。搬到下個句首。
塗擦重寫
完成剎那

意識瀕臨危崖

摺紙，小心！
盡量不要把它摺成一架飛機
寫上編輯姓名
對方將是首位讀者（會讀到夢的熱氣嗎）
確定信封黏好不會有字
在運送途中掉出
起身，開門
迎面而來都市的清晨
所有人未醒，緩慢行走的我，是一張灰色剪影
信送進郵筒
不是紙飛機它仍執拗地飛起滑翔

溢入天際
是這樣，寫完最末一字
稱作詩的，急於擺脫控制
搖搖頭隨它去吧
折返，在愈來愈明亮的早晨
開始，像一張白色剪影

早餐店此時開門
以孱弱姿態走入找到位置
是首位客人
攜帶剛產下的詩闖入都市早晨的人
投郵後，雙手已無其他武器
形容憔悴
一個夢遊的人

北市

星系對望

溫羅汀咖啡館

今晚又聚首於此
不常高談闊論
謹慎交換文學想法
我們是一群安靜靈魂
即使決定革命，在溫羅汀
也無槍與示威
有奏鳴曲和筆

知悉彼此
誰的小說錘鍊幻覺如魔術
誰的散文帶閱讀者旅行[1]
我口拙，不常發言

是靈魂群中靜默的一隻

我們隸屬不同星系
注視對方光華
卻也無法放棄自有運行系統
寫壞的稿子揉爛丟棄成為宇宙塵
未成熟靈感似「暗物質」無法觀測（確實存在）
避開物質黑洞誘惑
企圖組成另一個
可見宇宙
無論落坐哪個咖啡館
桌上不小心掉落的
氫原子，昇華之塵埃，手工餅乾屑
是星系們相互牽引的證明

先行離席——
我的星球將步入夜晚
必須用一個漫漫長夜的時間
等待恆星
再一次給予光亮

在溫羅汀街巷步行，移動
潛入唐山
復又行走，行走
清瘦卻挺直的姿態
曾堅持的事物還在口袋
是那些小小的相信
撐起了整個星系的運作
使我白晝有光

夜晚有星

1.「誰的散文帶閱讀者旅行」靈感來自散文家王盛弘之《13座城市》。

新細明體倒影

重慶南路書店街

1

新印的書智識的香
靈魂陷入饑荒香味誘引食慾
小心翼翼捧回
句子左沿劃線
是不願忘記的字句
耽讀頁碼藏入一片鮮脆樹葉。闔上。
等時間風化它，典藏它

2

國小畢業寫下：
鵬程萬里百事可樂勿忘我

如今亦在自己詩集題字：
「某某　指正」
親愛的某人，十年歲月集結請指正
簡單人生刪去蕪雜無聊部分
提煉新詩60首
善待它，別，送它到回收場

3

液晶螢幕質感似銅版紙
鍵盤一用十年成為手的一部分
乾眼症由來已久
關機，閉眼
視網膜底浮現一大片
新細明體倒影

爍爍發光似豔陽下
耀眼貝殼沙

4

膠裝。封面霧光局部亮光內文套色。
是我目睹，書的命運
和美編拉鋸至翻臉邊緣
定案之封面五官分釐不差
一本書，最後的表情
靜躺書店平臺
無聲脣語：「讀我，閱讀我。」
他退回腳步，給它一分鐘的機會
翻讀後無法移步走開
我確信他

已陷入流沙

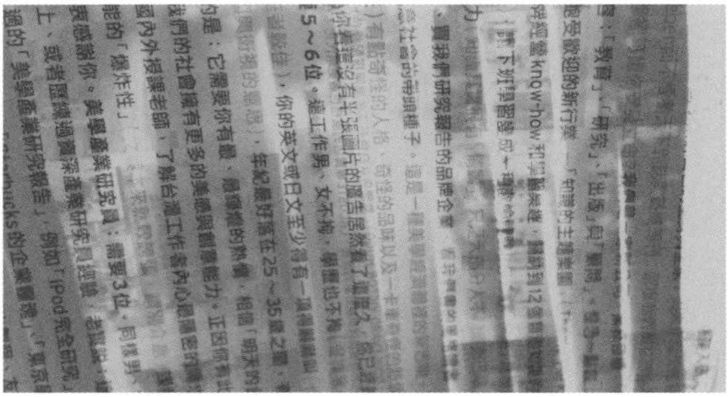

輯五
飄撇的詩句

那些氣味

我喜歡隱身人群裡
跟所有人一樣
開懷大笑，張嘴大吃

喜歡夜市的蒸騰
從炸雞排烤魷魚生煎包炒花枝的
熱氣油煙中，從容穿過
那些氣味沾染身上
那是生活的氣味

喜歡夜市的喧鬧
偽裝了我的寂寞

士林夜市

我在人群裡孤獨
用便宜價錢買日用品
假裝計較，用力殺價
為了減十塊錢感到快樂

享受一杯珍珠奶茶帶來的愉悅
調味料過多的蚵仔麵線
甜蜜的芒果牛奶冰
待在同個胃裡

買一雙鞋
只因叫賣鞋子的人
把鞋戴在頭上

一個禮拜總有一天
必須來到這裡
穿拖鞋來，無所謂的
我必須帶一點氣味
回我獨居的房間

飄撇的詩句

「飄撇」，閩南語，指瀟灑帥氣。

淡水有河書店

1

八開圖畫紙上
畫過這樣一張圖：
一爿書店一隻貓一片窗
一條緊緊比鄰相親相愛的河

擦拭書籍撢落
生活沉降其上的灰
空氣中有交響曲遊行、印刷油墨新氣
有河
有菸有咖啡有信仰

把詩寫在透明玻璃上
讓隔鄰河水轉印筆畫帶意象遠行
曾有一尾燈籠魚讀見
提燈跟隨反覆
吟詠神祕短句
有趣
有深度有興味有感覺

2

圖畫在搬家過程遺失
隨獎狀、日記、畢業紀念冊
捲入時間長河支流
無法證明曾夢想這樣一家店
於是對眾人說

是一個無夢的人
至今仍願意花整個下午
觀看雲朵變成得不到的事物
貼出布告找尋失物：
「我弄丟一張圖、一片書店、一條河
一些飄撇的詩句……」
還有還有
縱身躍入時間支流
撿拾獎狀紙條情書紀念冊
自我
愛情及信仰

有河book
逛書店是一種向上運動
blog.yam.com/book

永不抵達

健身房

1

轉輪上的天竺鼠
無有悲喜
奮力奔跑，到哪裡去？
跑步機上緊盯電視不知將抵達何方的我
也很平靜
面對透明玻璃做出努力
下一刻即將跑進整座城市
栓塞鬱結之心臟
跑向牽手的情侶，從中穿過分開他們
跑向親吻的情侶，從中穿過分開他們
跑向官員對災民伸出的握手，分開他們

跑向刺入土地的怪手手臂，分開他們
跑向議員與建商密會現場，分開他們
跑向對流浪狗伸出的獸夾，分開他們
跑進動物園
分開鐵籠和美洲豹
強化玻璃和夜行動物
跑向白晝黑夜海水星辰……

周遊城市一圈我又
回跑步機上
持續奔跑。永不抵達的夜色。

2

熱水池交換體液

汗、淚、鼻涕溶於水
無形包覆你
你的眼光包覆我
描繪我的乳房
這無所謂我們，是陌生人

梳開漉濕頭髮像
鬆開一座荊棘野草纏繞之密林
你的眼光侵入我
熟悉了我的曲線
無所謂我們
只是陌生

連連看

虎山步道夜觀螢火

1

深夜
走過長長夢的甬道
我便抵達心底田野
看見許多年輕時
未兌現的夢想
時明
時暗
正提醒什麼

2

記憶的曠野

一些碎片
星星點點閃爍
從1連到20
我看見那曾被遺忘
埋藏暗底
巨大的物事

解讀《可能的花蜜》

（按姓氏筆畫排列）

向陽

林婉瑜以新詩寫臺北，從西門町寫到擎天崗、從醫院寫到汽車旅館、從北投溫泉寫到淡水有河……通過三十首與臺北有關的書寫，提供給我們廿一世紀初的臺北記憶——而同時又是林婉瑜的臺北意象——城市、社會、生活與情愛，在其中游動，一如流經臺北盆地的河，恆定卻又溫柔、澎湃而又潺湲，寫實兼且寫意，讓我們通過她的眼睛、她的詩情，看到一向陰暗的臺北最最柔情的一面，看到我們行踏的城市柔軟的內在。

這是臺灣第一本以城市為對象創作、出版的詩集。林婉瑜標誌了臺北這座城市的詩座標，有了這座詩的座標，臺北因而面顏晶亮。

席慕蓉

「書寫臺北」既是前提，所以，作為一個創作者，如何能不被利用，如何能不受影響，應該就是詩人林婉瑜給自己的測試與考驗了。

恭喜她成功通過（更正確的說法，是「超越」），給了我們這一部出色的詩集《可能的花蜜》。詩人真誠面對這個主題，不亢不卑，不曾有任何僥倖或取巧的心態，每一首詩，都從自我的內裡出發。在因她的書寫而逐漸成形的空間裡，由於有了詩人謹慎而又堅定的足跡，有她的青春悲喜，有她的獲得與失去；臺北，這個城市，才得以脫離了表面的平板架構，成為一個與我們共生共存的有機體，有了呼吸，也有了記憶。

陳大為

在同質性相對偏高的眾多六年級詩人當中，林婉瑜是極少數能夠突顯自己風格的一位女詩人。風格只是建立一個詩歌品牌的基本要素，她必須創造出一組或一部地景式的詩作，讓我們在談到「林婉瑜」的時候，很具體的浮現出完全屬於她的詩歌圖景。為了完成這一項工程，林婉瑜選擇了都市詩視野下的臺北書寫，那是極具勇氣的自我挑戰。於是我們讀到一部企圖心十分強烈的都市詩集。

有別於過去制式化的都市詩原罪書寫，也沒有套用文化理論的思考框架，林婉瑜用最真實的生命歷程和感動，展示了一座完全屬於她自己的臺北。柔軟，卻暗藏勁道的敘述語言，提煉出層次豐富的都市情景，字裡行間，從容地釋放出詩人與都市相互依存的感性元素，這是都市詩最值得開拓的方向。在這裡，臺北不再作為一個被理論解剖的文化符號，「她」是一座生活的、記憶的城市，也是林婉瑜得以提昇創造力和語言技藝的重要舞臺，和文學地景。

陳義芝

林婉瑜曾出版《剛剛發生的事》，豐饒的情性、黠慧的詩心、帶著釉光的詩風，確實顯示她超越同輩的才華，公認為新新世代最具代表性的詩人。

《可能的花蜜》是林婉瑜最新的「人生練習曲」，為臺北而作的速寫簿。她以人文的眼光、氣息、心情為地景照相，以個人的人生斷片映照臺北的星辰秩序。熟悉城市生活的人藉此將加深弦外之音的捕捉；陌生而未來的城市主人則如聆聽前奏曲般，有召喚的感受。

「擦乾那些皮膚的淚水」，「做我的衣衫我的遮蔽」，「失去自己／成為你的一部分也無所謂」，「思緒經常飛起／盤桓野草，稻田領空」，這等慧心的詩行，正是我們不期相遇流連駐足的原因。

後記　下一秒是

林婉瑜

在一口氣吹出的
同一群泡泡裡
你和我
飛往不同方向

你附著在蒲公英白色羽翅
像乘坐降落傘時高　時低
我隨風盪遊
慢慢……靠近海洋

同一個下午　同個時刻
一群泡泡反射出　相異的顏色

愉快地飛行
危險地飛
隱密地飛行　小心翼翼
用盡全力　不管
下一秒是破滅
下一秒是遠越的冒險

篇名對照地點

可能的花蜜

我們，我們……汽車旅館

流連溫泉鄉……北投溫泉

放牧星群……擎天崗

短暫的愛情

蟲豸……光華玉市

即溶……KTV

垂釣漁人碼頭……漁人碼頭

不是大富翁遊戲……新光三越站前店

誘捕

鐵金剛……敦南誠品兒童館

神隱……兒童育樂中心

那些氣味……士林夜市

飄撇的詩句……淡水有河書店

永不抵達……健身房

連連看……虎山步道

部分詩作是以城市整體為背景，並非針對特定地景，故不列地點。

國家圖書館出版品預行編目資料

可能的花蜜／林婉瑜 著. --初版. --臺北市：
泰電電業，2011.5　面；　公分.--（F：11）

ISBN　978-986-6535-96-3（平裝）

851.486　　　　　　　100002989

F 011

可能的花蜜

作者／林婉瑜
總編輯／呂靜如
系列主編／陳秀娟
責任編輯／Lily C
行銷企劃／鍾珮婷
內文攝影／謝淑靖
版面構成／陳佩娟
出版／泰電電業股份有限公司
地址／臺北市中正區博愛路七十六號八樓
電話／(02)2381-1180　傳真／(02)2314-3621
劃撥帳號／1942-3543 泰電電業股份有限公司
網站／馥林官網 www.fullon.com.tw
總經銷／時報文化出版企業股份有限公司
電話／(02)2306-6842
地址／新北市中和區連城路一三四巷十六號
印刷／三陽文化股份有限公司
■二〇一一年五月初版
定價／一八〇元
ISBN／978-986-6535-96-3
版權所有・翻印必究（Printed in Taiwan）
■本書如有缺頁、破損、裝訂錯誤，請寄回本公司更換